老瓜先生

御廚團隊裡最資深的大廚，他的爸爸和祖父和曾祖父，都是百香國的廚師。愛咪公主從小只愛吃老瓜先生做的菜。他做菜像打仗，煮完一頓大餐，廚房就像被炸彈轟炸過一樣，做出來的菜卻好吃得不得了。

噴火龍阿古力

古怪國的怪物。其實，古怪國的居民全部都是怪物，只是長得比較可愛。去年，阿古力被蚊子波泰叮了一個包，被傳染噴火病，現在病好了，卻留下後遺症——只要情緒太激動，像是生氣、興奮、傷心……就可能會不小心噴出火來。

樹懶小姐

山雨小學的數學老師，認真負責，關心學生，只是她的動作實在是太慢——了。改作業常常需要一個月的時間，學生跟她打招呼時，等她回答完「同——學——們——好」，學生早就走掉了。

大熊老師

山雨小學的健康課兼自然課老師。有豐富的知識，熱愛教學，能把無聊的課變得有趣。隨時充滿活力的他，聲音宏亮，從來沒有人能在他的課堂上睡著。

三語學校
招生中
師資最優秀！教學最優質！設備最優越！校園最優美！
三大保證
1 精通三國語言
古怪語
奇異語
百香語
2 同學家最有錢！
3 保證學費最貴!!
餐廳使用精選有機食材，提供學生所需營養。
校區就在三國交界地理位置最便利。
百香國
古怪國
奇異國
是您的孩子通往金字塔頂端的最佳選擇!!
三語學校
請上網搜尋【三語學校】

山雨小學1

愛哭公主上學去！

賴曉妍×賴馬

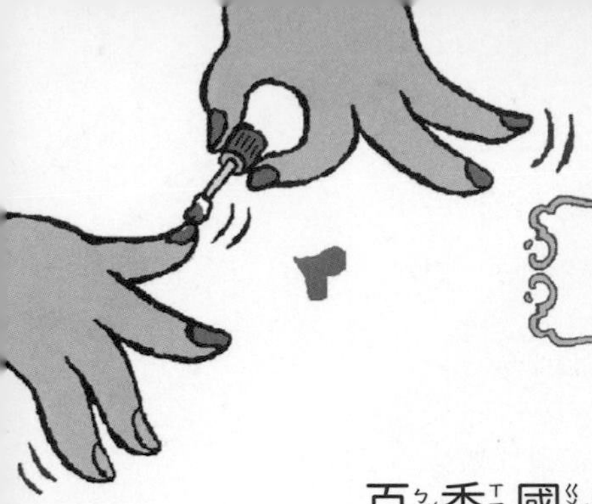

愛哭公主上學去

百香國的愛咪公主，在窗邊的躺椅上，悠閒的、緩慢的擦著指甲油。粉紅色的指甲油和她粉嫩的膚色幾乎一樣。

去年愛咪最愛的粉紅派對，被大哭大鬧的愛哭公

主弄亂後，她就一直悶悶不樂的待在皇宮不肯出門。想到這裡，愛咪又有點想哭了……

愛咪公主的祕密

沒錯！「愛咪公主」和「愛哭公主」其實都是公主本人。但她已經決定，那些不夠完美的事，都是愛哭公主做的，不關愛咪公主的事。

愛咪看著窗外的花園，小鳥在樹枝上跳躍、蝴蝶在花叢中飛舞，連園丁都輕快的哼著歌。

每個人都看起來忙碌又愉快。擦完最後一片指甲，她開始覺得無聊。最後，終於受不了了。愛咪跳下躺椅，提著那無比華麗、誇張的蓬蓬裙……

跑去找

皇后媽媽——

愛咪公主見到媽媽，大聲的說：

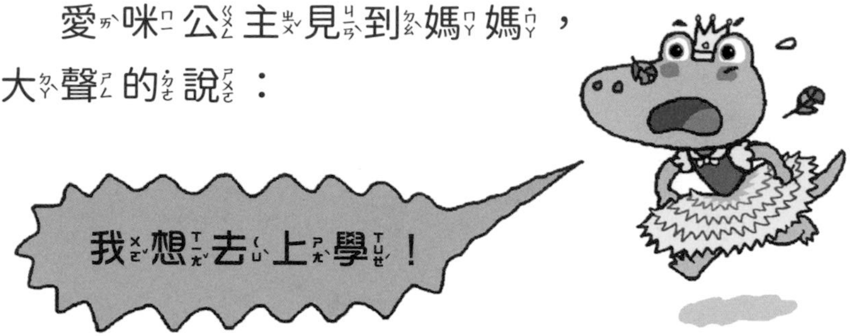

皇后正在喝下午茶，優雅的捏著雕花茶杯，微笑看向愛咪說：

三語學校的傳說……

最近，童話世界裡的三國，流行起「精通三語」。而「三語學校」就是同時教授「百香國」、「奇異國」和「古怪國」三國語言的學校。

三國的家長們，都搶著把小孩送進去讀書，希望孩子能贏在起跑點。

上學，對愛咪來說，是一個絕對不能輸的重要場合。

愛咪向皇宮裡手藝最高超的裁縫師，訂製了一套「眼睛一亮，上學王牌裝」。

她這樣對裁縫師說：

裁縫師接到命令，立刻聯絡花仙子。整個王國，就屬「花族」製作的布料最精美了。

花仙子小傳

九十歲的花仙子，是三國最厲害的織布高手，已經蟬聯七十四年金織獎冠軍。用花瓣汁液染成的布料、輕柔得像微風的布料、薄透得像精靈翅膀的布料，都是她的招牌產品。如果不是ＶＩＰ，就算排隊也買不到，可以說是一布難求。

裁縫師才打完電話，布料很快的就快遞到皇宮。這是當然，畢竟公主可是很重要的客戶。

皇家紡織工坊二十四小時燈火通明。

兩個星期後，愛咪公主指定的「眼睛一亮，上學王牌裝」完成了。那是一件水手服洋裝，款式很適合上學，尺寸也非常完美。

展示著新衣的裁縫師，自信滿滿，這是他的得意之作。每個人都緊盯著公主表情的變化。她上下打量新衣服一遍，眉頭漸漸皺了起來……

說完，
她就哭了。

從眼眶紅到嗚咽、從嗚咽到啜泣、最後從啜泣到嚎啕大哭。

整個皇宮的人瞬間慌了手腳，管家和僕人們連忙安撫公主，裁縫師則趕緊在洋裝上加工。

經過兩小時又五十八分鐘的「務必讓公主滿意大作戰」，洋裝終於修改完工了。

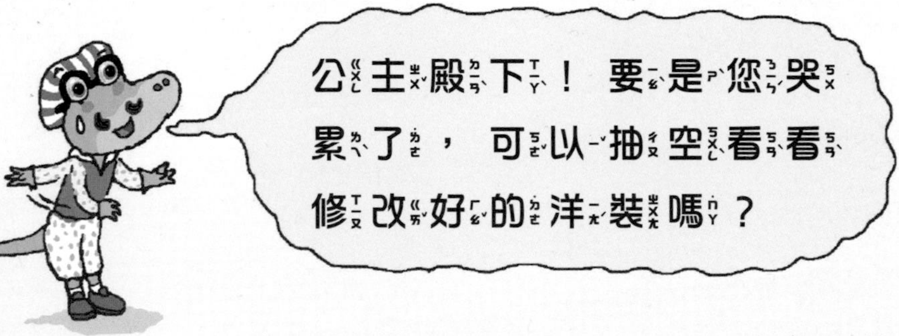

最後愛咪累得趴在沙發上，皇宮裡的沙發全都讓她哭溼了，她從淚眼汪汪的模糊視線裡瞄到修改後的洋裝。

一抬起頭，她就先被閃得睜不開眼，接著再看見蓬鬆得像一朵巨型白雲的裙襬。

到了上學的那一天，皇宮裡上上下下都在為愛咪公主打點。

準備好了！大家列隊、鋪起紅地毯恭送公主出門，每個人都顯得很高興。

其實，這樣的大陣仗，不僅僅是為了公主的尊貴身分，愛哭公主願意去上學真的讓大家都鬆了一口氣。

皇家馬車已經在皇宮門口等著。「大家再見！我要上學了！不用太想我唷！」愛咪公主向眾人揮揮手，正準備跨上馬車時才發現，她根本擠不進馬車的門。

換成皇家加長禮車好了！

八層的超大蓬裙，依然堵在加長禮車車門口。所有的人一起用力的推啊擠啊，還是無法把蓬裙塞進車裡。

正當愛咪沮喪的坐在地上，呼吸急促，嘴巴癟了，眼看又要哭了。

這時……

剛從早市買菜回來的廚師老瓜先生，騎著他的三輪摩托車回到皇宮，看到愁眉苦臉的大家。

他把車停在旁邊，問道：

大家同時轉向老瓜先生，眼睛一亮，全都想著同樣的事：「搭摩托車，就沒有裙襬太巨大的問題了吧！」

沒想到——原本坐在地上的愛咪，突然站起來、

「公主病」小知識

愛咪最討厭別人說她有「公主病」了！但是，「公主」為什麼是病呢？如果說一隻狗有「狗病」、一隻貓有「貓病」、一隻魚有「魚病」。這些都不奇怪。她是公主，有

走向三輪摩托車，接著就跳上後座，拉上遮陽篷，扣緊安全帶，她爽快的說：

公主病應該也是很正常的吧？有問題的是，大家說到「公主病」時的表情……反正，她是永遠不想再看到那種表情了。

遮陽篷飛行傘

老瓜先生的三輪摩托車載著公主，嘟嘟嘟的往三語學校的路上奔馳。

風和日麗，晴空萬里，今天完全是一個適合兜風的好日子。

「風兒—— 風兒—— 輕撫我的臉兒，啦啦啦！」涼爽的清風吹過愛咪公主的臉頰，她閉上眼睛，哼著歌，享受著從未體驗過的暢快感。

經過峽谷時，一陣強風吹來，遮陽篷居然載著愛咪飛了起來，就像飛行傘一樣。

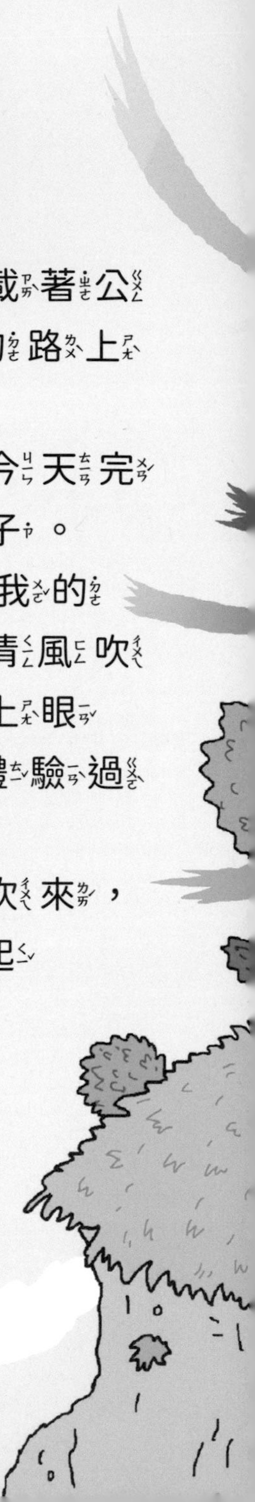

哇~
原來，坐摩托車這麼舒服啊！
咻
咻
砰！
愛咪沒發現自己已經飄在半空中，她大聲宣布——
我明天還要坐摩托車上學！

遮陽篷飛行傘飄過了丘陵、飄過了湖泊、飄過了青青草原。最後，百香國公主愛咪，居然隨風飄到了隔壁奇異國的領空。

這時，她突然想起，美麗的風景，一定要搭配美味的點心啊！她拿出背包裡的點心盒，悠閒的吃了起來。

「哈！真是太享受了！」愛咪心滿意足的說：「這樣就算天天上學，我也不會想哭。」

對比著愛咪的開心悠閒，國界的另一頭，卻是一股緊張的氣氛……

奇異國負責防守邊境的熱氣球自衛隊出現了。自衛隊的陣容浩大，總共出動一顆「航空母球」、三顆「敵軍偵測球」和八顆「武裝驅逐球」，驅逐球上搭載著各種火砲，偵測球則對著愛咪公主的蓬裙雲大聲廣播：

愛咪沒聽清楚，以爲已經到三語學校了，而熱氣球和廣播是歡迎新生的儀式！

她揮揮手，開心的打招呼：

沒想到，熱氣球自衛隊對著雲狀不明飛行物展開射擊，發射出一隻一隻的小鳥，拚命的往前飛。

牠們是童話故事裡強大的生物武器，有啄退敵人的功能。一般人不會知道，唯一能攔截小鳥大軍的祕方是：屑屑。

成群的小鳥，往愛咪飛過去，一眼就看見她的蓬蓬裙上掉滿餅乾屑和蛋糕屑。

牠們爭先恐後的停在蓬蓬裙上，難以抗拒的開始大吃起來，牠們從來沒有吃過這麼美味的屑屑。畢竟，那可是皇宮點心的屑屑啊！

「哇！好多可愛的小鳥！」愛咪看到這麼多小鳥搶食，於是努力落下更多的屑屑。

小鳥越停越多、蓬蓬裙越來越重，讓原本輕飄飄的雲朵蓬蓬裙，慢慢的往下降，直到蓬蓬裙把愛咪安穩的護送到地面。

「到了嗎？ 老瓜先生呢？ 」

降落後，愛咪覺得奇怪，老瓜先生不見了？ 連三輪摩托車也消失了。

老瓜先生一路騎到三語學校，才發現愛咪公主竟然不在後座！

三語學校的老師打電話到皇宮詢問。

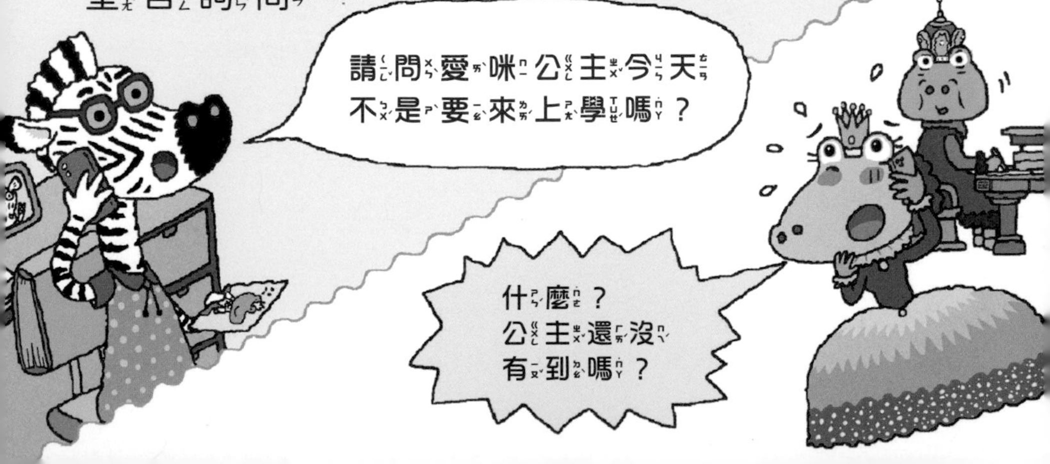

愛咪公主就這樣，優雅的「降落」在一座陌生的山頭上。

那是位在古怪國境內，呱打哈拉哈拉山脈的其中一個小山丘。

她觀察四周，眼前的景色十分……呃——自然？除了草原和樹林，只有一間用「垃圾」蓋的小屋子。

愛咪以為的「垃圾」，其實是「茅草」。尊貴的公主，因為經常在皇家花園裡看見園丁修剪植物、整理落葉，她認為樹枝和茅草都屬於垃圾。「難道這就是傳說中的廢物利用嗎？」她心想。

愛咪公主一邊走、一邊東張西望。

看著過於「自然」的環境，她唸唸有詞，然後突然明白了什麼似的，用力拍手大叫。

一定是野外求生體驗營！母后說得沒錯，果然是好學校，破破爛爛的東西全都做得好逼真啊！
當愛咪公主開始對環境產生興趣，一旁突然走來……

一隻長得像青蛙的……青蛙？

他有一張大大的嘴巴、綠色的皮膚、嘴角還冒著火，看起來脾氣不太好。

但是，愛咪最大的優點是：有同理心。畢竟她自己也是個情緒不穩定的人……喔不！是「性情中人」，總不能要求別人太多吧。

綠青蛙嘴角的最後一絲火熄滅了，他狐疑的看著愛咪說：「沒錯喔，這裡是『山雨小學』。」他歪著頭再補充：「因為我們這裡最多『山雨』了！」說完，他抬頭看了看山邊又開始聚集的黑雲……

這青蛙可能是班上的同學呢，先認識一下也好。

「原來不是什麼青蛙啊！人家可是『龍族』的王子！真是失敬失敬。」愛咪心想。

而且，阿古力就跟自己一樣，有時候是討人喜歡的愛咪公主、有時候會變成愛哭公主。

因為彼此類似的遭遇，讓愛咪看著眼前的阿古力，有一種同病相憐的感覺。

說真的，愛咪和阿古力除了膚色不一樣，其實長得還挺像的。只是，身為優雅的公主，愛咪是絕對不會承認這一點的。

愛咪走向前，牽起阿古力的手，熱情的說：

> 阿同學！你現在是我在班上最好的朋友了，教室在哪裡呢？一起去上課吧！

他們手牽著手，走進茅草屋……

喔不！是教室。教室裡已經坐了幾個學生，正在等待上課。

山雨小學的學生，大多是古怪國居民的孩子。像是阿古力的鄰居吉普拉那兩個雙胞胎弟弟。

看著空蕩蕩的講臺，愛咪覺得好奇怪。身為皇家繼承人，對於學校的師資，自然相當重視。

愛咪和阿古力找了空位入座，兩人就坐在隔壁。在學校有了好朋友，愛咪感覺一切都很順利。

「其實，這個教室也別有一番風情啊！」愛咪環顧教室，看見破了洞的屋頂，灑進點陽光，心想：「真是通風又兼具自然採光的好設計。」她甚至聯想起以前和爸爸、媽媽去小島度假的小屋。

沒想到，忽然間陽光消失了，天空一下子暗了下來。

下起了阿古力剛才說的「山雨」，而且來得又急又猛烈。

雨水從草屋的屋頂滴進教室，然後像小河，流進教室，最後變成像瀑布那樣，沖進教室。

整個教室裡，只有愛咪公主感到慌張，其他的學生都一副習以爲常的樣子。

大家從櫃子裡拖出救生艇、合力充飽氣，然後按照座號依序坐上救生艇。

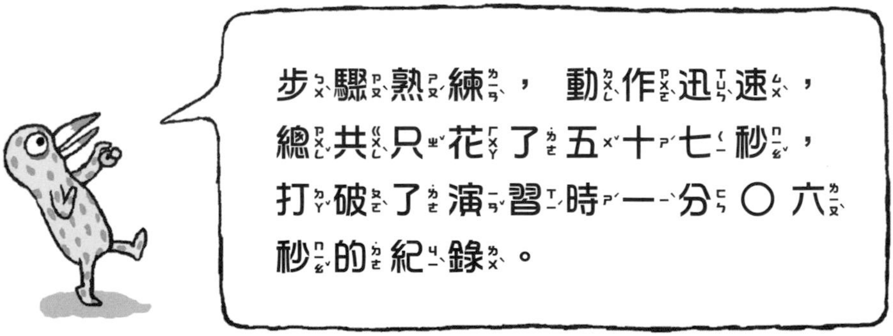

洞穴食堂

同學們搭乘救生艇，一起划呀划呀。最後，他們停在一個山洞前面，綁好救生艇後，依序上岸。

整個過程驚險又刺激，愛咪連哭都來不及。

「到囉！」看起來大家原本就計畫來這個地方，同學們告訴愛咪說：「教室又『泡湯』了，上午的課不能上。每次這樣，我們就會提早吃午餐。」

原來學生餐廳在山洞裡，愛咪覺得好特別，岩壁上的火把、石桌和石椅，還有學生創作的壁畫……忽然有種身在原始叢林的感覺。

同學們好心的湊到愛咪耳邊，小聲的說：「聽說廚師以前是鄰國的三星餐廳主廚。因為舌頭被毒蜜蜂叮了，後來味覺就有點怪怪的。」

三星主廚： 羅送湯

一個從三星餐廳出走的另類料理人。做出獨一無二的創意料理是他的堅持，終極目標是征服全世界最挑剔的味蕾。注意，享用**羅送湯**大廚的料理，最好要有強壯的胃。

為了做出更有創意的料理，三星主廚幾乎把餐廳廚房變成他的瘋狂實驗室。

雖然皇宮裡多得是珍貴稀奇的食物，但這些全都是愛咪從來沒見過的菜色。她看呆了，不是想哭，而是想念，她突然想念起皇宮裡的正常食物。

阿古力幫自己和愛咪點了兩份「山雨水煮肉丸」，這是洞穴食堂的最新菜色，因為旁邊就寫了新菜色三個字。

山雨水煮肉丸

沒有炸過、也沒有滷過，甚至沒有調味的水煮肉丸，外表是黯淡的淺灰色，一串三顆，只要古怪幣五元。大廚強調，要吃肉的原味才好。

吉普拉的兩個雙胞胎弟弟各自點了「溪魚蒸蛋」和「香甜螞蟻派」。他們端著餐盤，走到用餐區。

用餐區的正中央有一張長長的餐桌，那裡已經坐著一隻黑熊，是健康課兼自然課老師大熊先生。

大家才剛坐好，還沒來得及吃，熱愛教學的大熊先生職業病就犯了。

他用宏亮的聲音說：「小孩每天要吃五份蔬果、媽媽每天要吃七份蔬果、爸爸每天要吃

九份蔬果。這一題，下次健康課會考唷！」大熊先生的健康口號，像環繞音響一樣在山洞裡迴盪。

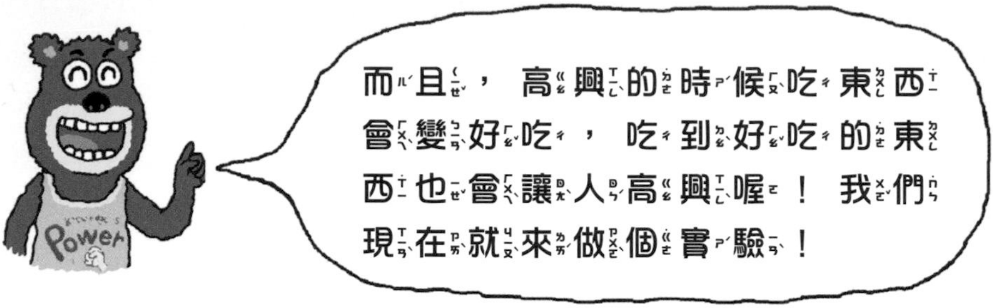

大熊老師請阿古力來示範「飲食對心情的影響」。

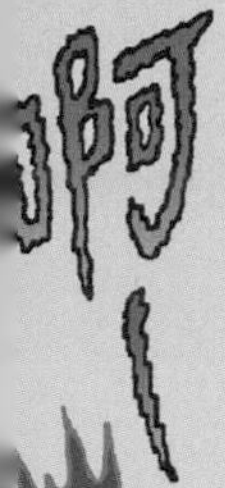

阿古力咬下一顆肉丸，嚼啊嚼啊……他的臉色開始發白、發紫、又發紅，最後……轟——噴出了大火！

原來，老師說得對，吃到好吃的東西會變得高興，所以吃到不好吃的東西會變得生氣。

沒想到，阿古力的大火，把原本清淡無味的水煮肉丸，瞬間變成香噴噴的烤肉丸。

他吃下一顆外表有點焦黑的肉丸，才咬了一口，就驚呼：

大家聞到香味，都端著盤子排隊，請阿古力幫忙噴火烤肉，連大熊先生也來了。洞穴食堂裡，像是在舉辦烤肉大會。

吃完午餐，睡完午覺。星期一下午的第一節課，原本是「古怪語課」。

譯：天氣真好！你今天也怪怪的嗎？

但是每次山雨來襲，都會把泳池裝滿水。為了善用水資源，所以學校規定，雨停了以後，要是泳池升到滿水位，全校的下一堂課全部改成「臨時游泳課」。

又因為這種狀況三天兩頭就會發生，所以山雨小學的每一個學生，幾乎都非常會游泳（除了阿古力）。而「山雨游泳隊」也成為三國最厲害的一支游泳隊，連百香國的金牌游泳選手朱瑞福都特地轉學到這裡受訓。

上課了！每個人都換上泳裝，教練帶大家做暖身操。

山豬教練晒得很黑，所以，也可以叫他「巧克力教練」，大家都覺得這個名字很適合他。

1 2 3 4 扭扭你的腰

2 2 3 4 轉轉頭和手

3 2 3 4 膝蓋彎一彎

4 2 3 4 肩膀壓一壓

5 2 3 4 彎下你的腰

6 2 3 4 身體向後仰

大家都認真的做著暖身操，只有愛咪公主站在一旁。

正當她準備哭到最高點的時候……

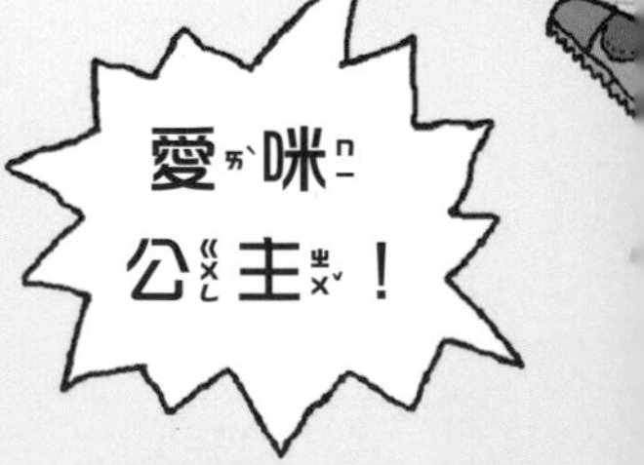

百香國派出來營救公主的皇家護衛隊及時趕到了！滑翔翼緊急迫降在泳池邊。

皇家護衛隊

他們是百香國最精銳的部隊，負責最艱難的任務，並且保護皇族成員的安全。

一見到哭泣中的公主，護衛隊緊張的大呼小叫。

然後一起擺出陣式，預備發射出油性彩色顏料。那可是萬一沾到，八桶洗澡水也洗不乾淨、令人聽到就發抖的厲害武器。

愛哭公主看見皇宮的人馬來了，她揮揮手，請護衛隊先收起武器。

「你是皇家護衛隊隊長，對嗎？可以麻煩你們幫我回皇宮拿泳衣嗎？別忘了防晒乳液喔！」

忠心耿耿的皇家護衛隊接到公主的指令，又像風一般的跳上滑翔翼離開了。

等泳衣送來的時間，愛咪有點無聊。而經過半天的相處，已經和愛咪成爲好朋友的阿古力，熱心的鼓勵愛咪。

阿古力說完，就往泳池跳。其實自古以來，古怪國會噴火的居民，一向是不會游泳的。阿古力的游泳課已經重修五次，還在基礎幼幼班。

為了好友，衝動下水的阿古力，再怎麼用手、用腳、用力擺尾巴，還是一直一直往下沉。

這麼……簡單……咕嚕咕嚕的事，
我……咕嚕……竟然做咕嚕咕嚕……不到！
氣……咕嚕咕嚕死我……了咕嚕嚕……
阿古力浮浮沉沉又氣急敗壞的大吼：
咕嚕咕嚕啊——

生氣的阿古力，噴出大火。而這一「加熱」，竟然把泳池的水變成溫泉了！熱呼呼的池水，冒著溫暖的白煙。大家紛紛跳下泳池，撲通！撲通！撲通！

愛咪看著大家，她也好想一起泡溫泉。

於是，等不及泳衣送到，她就拉起裙襬、踮起腳尖、一步一步的走到泳池邊。然後把腳伸進泳池，一條腿、兩條腿，兩腿一踢，「游」了出去。

愛咪努力的踢水，她成功了！所有的人都為她歡呼。

大家幸福的泡溫泉，連大熊老師和巧克力教練都來了。賣滷蛋和關東煮的小攤販也來了，泳池邊專賣各種口味冰鮮奶的販賣機，全都生意興隆。

當「溫泉派對」正熱鬧時，送泳衣來的皇家護衛隊到了。他們一眼就看見百香國尊貴的公主身處「水深火熱」之中！

滑翔翼再度緊急迫降在泳池邊，皇家護衛隊訓練有素，他們找掩護、鎖定目標、拋出繩索。最後，終於順利營救出落難他國的愛咪公主。

被「救走」的愛咪，越飛越高。「再見同學們！這果然是一所很棒的學校！」她朝著泳池中的大家揮揮手。

完

後記

百香國皇宮的晚餐桌上，老瓜先生煮了一桌豐盛的菜，而愛咪興奮的呱啦呱啦說個不停。

下次我要約我的好朋友阿古力來皇宮玩！
Calm
爸爸每天要吃九份蔬果，媽媽每天要吃七份蔬果喔！
Knowledge is Power
（愛咪公主想像圖）
我很努力踢水踢水踢水，然後就學會游泳了！

發音教學
三：ㄙㄢ
山：ㄕㄢ

這時，愛咪已經知道這個「山雨小學」不是那個「三語學校」了。

皇后還透露了一件大家都不知道的往事。其實，國王和皇后小時候也曾經因為兩次意外，不約而同的讀了「山雨小學」。不過，那是另一段故事了。

飯後，皇后拿出裁縫師一整天趕工做出來的另一件上學王牌洋裝，溫柔的提醒愛咪：「寶貝啊，明天就要去真的三語學校上課嘍！」

愛咪一聽，眼眶紅了。從眼眶紅到嗚咽、從嗚咽到啜泣，最後從啜泣到嚎啕大哭。愛哭公主站著哭、坐著哭、躺著哭、滾來滾去一直哭……

YO！讀本 —— 02

山雨小學1 愛哭公主上學去！

作者｜賴曉妍、賴馬
責任編輯｜蔡忠琦
特約編輯｜陳毓書
美術設計｜王瑋薇
行銷企劃｜高嘉吟

天下雜誌群創辦人｜殷允芃
董事長兼執行長｜何琦瑜
媒體暨產品事業群
總經理｜游玉雪
副總經理｜林彥傑
總編輯｜林欣靜
行銷總監｜林育菁
資深主編｜蔡忠琦
版權主任｜何晨瑋、黃微真

出版者｜親子天下股份有限公司
地址｜台北市104建國北路一段96號4樓
電話｜(02) 2509-2800　傳真｜(02) 2509-2462
網址｜www.parenting.com.tw
讀者服務專線｜(02) 2662-0332　週一～週五：09:00~17:30
傳真｜(02) 2662-6048　客服信箱｜parenting@cw.com.tw
法律顧問｜台英國際商務法律事務所・羅明通律師
製版印刷｜中原造像股份有限公司
總經銷｜大和圖書有限公司　電話：(02) 8990-2588

出版日期｜2023年8月　第一版第一次印行
2024年6月　第一版第五次印行

定價｜350 元
書號｜BKKCB002P
ISBN｜978-626-305-533-9(精裝)

國家圖書館出版品預行編目（CIP）資料

山雨小學. 1, 愛哭公主上學去! / 賴曉妍, 賴馬作. -- 第一版. -- 臺北市 : 親子天下股份有限公司, 2023.08
86面 ; 14.8x21公分. -- （山雨小學系列 ; 1）國語注音ISBN 978-626-305-533-9（精裝）
863.599　112010517

訂購服務

親子天下 Shopping｜shopping.parenting.com.tw　海外・大量訂購｜parenting@cw.com.tw
書香花園｜台北市建國北路二段 6 巷 11 號　電話（02）2506-1635
劃撥帳號｜50331356　親子天下股份有限公司